Begegnig zwüsch'em Mensch und dr Natur

Und wenn süscht alles vergoht

D Natur bestoht

Si isch ä Sändig

Und blybt allewyl lebändig

Copyright für Foto und Text beim Autor:
Walter Studer
Fehrenstrasse 68
CH - 4226 Breitenbach
stuwa2@bluewin.ch

Lektorat: Hanny Keusch-Jecker
Gestaltung: Simone Vittet
Druck: Druckzentrum Laufen

ISBN 10: 3-907012-93-3
ISBN 13: 978-3-907012-93-2

Johreszyte

Poetischs Fotobrevier dur's Johr dure

Ä chlyni Bild und Värsfolg

Gschriibe i dr Schwarzbuebemundart

Vom Walter Studer us Breitebach

Vorwort

Die Buchidee, dem Jahreslaufe nachzuspüren, ist eine echte Herausforderung. Denn wer macht sich nicht tiefbesinnliche Gedanken, wenn die Tage gegen Weihnachten zu kürzer werden und das Jahresende naht? So entstand auf Grund einer überzeugenden Regie ein tröstliches "Jahreszeitenbuch", das dem Wechsellauf der Sonne immer wieder Sinn abgewinnt. Der Allgegenwart des zeitlichen Wandels stellt der Verfasser den Reichtum seiner Lebenserfahrung mitsamt seinem künstlerisch-fotografischem Know-how entgegen.

Ob er uns sprachlich-mundartlich überrascht („Hokus-Pokus-Krokus" oder „Gumfidüür") oder ob er einmalige Fotos von Menschen und Landschaften beisteuert, immer von neuem erfreut uns Walter Studer als liebenswerter Begleiter durchs Jahr. Spontan wirken seine Naturstudien, so dass man Seidelbast, Flieder und Waldmeister förmlich zu riechen glaubt; und aus den Bildern von Niesswurz und den Schwarzdornbeeren empfängt man wirkliche Zuversicht trotz Winterkälte. Aus den Gedanken über das letzte Herbstblatt, aus den Bildern vom Maibaum, dem Drachenflieger vom Fringeli und den Kindern, aus alledem spricht der feinsinnige Wegbegleiter Walter Studer.

Wohlan denn, mit ihm durch ein beseeltes Jahr!

Dr. phil. Werner A. Gallusser, Basel
Prof. für Humangeographie

Dur's Johr dure

Do han ig's geseh
Und dört bi'ni gange
Do bi'ni gsässe
Und dört han'ig's entdeckt
Und mit mir – my stumme Begleiter
My Fotiapparat
Das by Sunne und Räge
By Näbel, by Schnee und by Wing
By Föhn und by Froscht
By Chälti und by Hitz
By Tag und o z'Nacht
Dur's ganze Johr dure
Im Früehlig, Summer, Herbscht und Winter
Während mehrere Johre vo mym Läbe
Ig ha gläse im grossä Buech vo dr Schöpfig
Und ig ha myni Ydrügg feschtghalte
Ä Mol i dr blühende Schönheit vo dr Natur
Ä Mol die villfältige Wunger us em Wald
Ä Mol wiider die herti Arbet vo de Bure
Ä Angermol wiider die tägliche Sorge im Alter
Und denn wiider in'ere läbesgryfte Philosophie
Aber o i dr Sproch vo'mene Ching
Wo'n ig o emol gsi bi
Mit emene chlyne Hingergedangge
All das z Lobe und de Mensche welle zeige
D Villfalt vo dr Natur und dä Lüt i myr Heimet
Und nit o z letscht dir liebe Läser
Ä chlyni Freud dörfe z bereite

D Johreszyte im Usruef !

"B-rr" -

Isch das ä chalte Winter

"OH-h" -

Wie schön isch doch dr Früehlig

"H-h" –

Isch das ä schwühlä Summer

"H-m" -

Schmegge die Herbschtfrücht guet

Der alte Kirchturm in Büsserach aus der Zeit von 1464

Jänner

Sylväschter - Neujohr

Wyssi Tanne stöh im Wald

Dusse isch es bissig chalt

Vom Turm tuet's jetz zwölfi schloh

S alte Johr tuet vo'nis goh

Was ächt söll s neue bringe

Sälb Glügg wei mir scho finge

Das Johr söll's denn besser goh

S Glügg muess eifach zue'nis cho

So tüe hüt d Mensche dängge

Derwyle Gott tuet längge

Und das Schiggsal zue'nis seit

O s neuje Johr bringt Freud und Leid

In der «Rüchi», ehemals Breitenbacher Allmend

Jänner

Zum neuje Johr (1982)

Johreswänd

Afang und Änd

Rück- und Usbligg

Gschigg und Ungschigg

A d Mensche dängge

Vill Liebi schängge

Dis Härz syg offe

Uf d Zuekunft hoffe

Mit Gottvertraue

Uf's Gueti baue

S Schicksal akzeptiere

Und nie welle resigniere

Jänner

Weisheit zum neuje Johr

Dr eint isch nit gsung dr anger zwäg

Und so goht ä jede halt si Wäg

Me lauft stur em Läbeswägli noh

Und chunnt ä Chrützig so blybt me stoh

Jä - wo sells denn do jetz wyters goh

Säg wo würd me dört ächt ane cho

Studier di Charte wo Bibel heisst

Fing dr richtig Wäg wo ein verheisst

Egal was du tuesch sälber dängge

Dr Hergott isch's wo di tuet länge

So Weisheite si ganz sicher wohr

Geschter hüt und o im neue Johr

Jänner

S Waldbächli

Das Bächli do im Wald isch chalt und starr
Doch im Früehlig fliesst's wiider hell und klar
Fliesse tuet's denn über Moos und Stei
Chäfer, Chrott und Haas si do dehei

Jänner

Du

Und si o dusse alli Bäum no kahl

Und isch dr Früehlig wyt äwäg

Du bisch dr warmi Sunnästrahl

Und du erwermsch mi alli Täg

Jänner

Überläbe

Ä chlyne Spinn uf chaltem Schnee

Was isch dr Sinn

Was lyt do drinn

Was chasch do gseh

O i grosser Not

Isches niemols z'spoht

Muesch mit'dr sälber ringe

Denn wirdsch di Wäg scho finge

Jänner

Fuetternyd

Äs isch cheibe chalt – gar grüüsli

Uf emene digge Buecheascht

Isch so'näs chlyses Fuetterhüsli

Allerlei Vögel si do z'Gascht

Und wei enanger stuur vertriibe

Si frässe würge i dr Hascht

Als geb's überhaupt keis Blybe

Si denn nit o d Mensche so

Ä jede wett go Feschte

Chönnte si denn öppis übercho

Ä jede wet halt s'Beschte

Jänner

Gemeiner Schneeball

Wyssi Bouele* schnejt's ne druf

Dene Rotchäppli im tiefe Wald

Eso hei si warmi Hüetli uf

Denn no immer isch'es gfürchig chalt

* Bouele = Baumwolle

Schneefall in der Nacht

Jänner

Winterfreude (Chingelied)

U – A – O	Äs schneijelet jo scho
	D Flöggli falle wundervoll
	So nä Winter isch halt toll
U – A – O	Äs schneijelt jo scho
O – A - U	Wie isch das chalt – buh-buh
	D Buebe legge d Händschä a
	D Meitli singe trallala
O – A – U	Wie isch das chalt buh-buh
I – O – E	So schön isch's halt im Schnee
	Wysse Schnee, das isch ä Pracht
	Mache mir ä Schneeballschlacht
I – O – E	So schön isch's halt im Schnee
U – O – A	Mach du us Schnee ä Maa
	Hälfet alli wacker mit
	Ass's ä schöne Schneemaa git
U – O –A	Mach du us Schnee ä Maa
A – U – I	Mir alli fahre Schii
	Fahr durab ä geche Rai
	Fahr du über Stogg und Stei
A – U – I	Mir alli fahre Schii

Gesungen nach der Melodie A, a, a – Der Winter, der ist da.

Auf dem Lac des Taillères bei La Brévine, 2005

Jänner

Schlittschueh-Fahre

Uf em Ys Schlittschueh-Fahre
Sanft gleite übere See
Dr Winter so z erfahre
Will wyt und breit kei Schnee

Ohni grossi Müeh
Ig die Kurvä zieh
Ohni Sturz und unversehrt
Fühl mi frej und unbeschwert

Jänner

Vorfrüehlig

Hüt am Morge het ä Vogel pfiffe

S erschte Mol i däm Johr

Scho het mys Härz noch em Früehlig griffe

As wer dä Traum scho wohr

Jänner

Achtung Gefahr

Die Futterstelle ist besetzt
Die Katze ihre Krallen wetzt
Die Körner aber frisst sie nicht
Denn auf Vögel ist sie erpicht
So bleiben Meisen Finken fern
Zwar hätten sie die Körner gern
Doch sie müssen draussen bleiben
Wollen lieber Hunger leiden
Nun sitzt die Katz vergebens da
Und die Vögel grinsen haha-ha

In unserer Region nennt der Volksmund das Märzenglöcklein "Schneeglöggli"

Jänner

Schneeglöggli

Schneeglöggli

Du mit dym schneewysse Röggli

Und dynere grüene Lanze

Lüt so fiin ass'es niemer stört

Lüt so fescht ass'es dr Früehlig ghört

Lüt so schön ass d Elfe tanze

Februar

No z früeh

Die erschti Sunne loht däm Biinli keini Rueh
Mit Freude fliegt's dr vo – diräggt em Früehlig zue
Äs fliegt und fliegt dr Sunne no – wär weiss wie wyt
Äs suecht und suecht – doch süesse Nektar git's no nit
D Sunne singgt scho tiefer – äs si no churzi Täg
Scho wird's müed und zum Heigoh isch's ä lange Wäg
Si Chraft längt nit – erschöpft fallt's uf d Ärde nider
So wett es sich erhole und starte wiider
Doch oh weh – us däm chalte Schnee chunnt's nümmi drus
Do lyt es jetz und huucht sis churze Läbe us

Fasnecht

Februar

Februar

Wunderbar

Masketrybe

Nit deheime blybe

Fasnachtsnarre

Em Teufel ab em Charre

Larve Bögge

Lärme gögge

Gumpe springe

Tanze singe

Röck und Hose

Tuute Bloose

Waggis Binggeli

Chüechli Schänggeli

Konfetti schiesse

Am Aeschermittwoch biesse

Februar

Fasnechtsfüür

All Johr sammle eusi Junge mit Stolz

Ä riisegrosse Huffe Holz

Ä schöne Böög mit gschtopftem Buuch

Chunnt obe'druf als Heidebruuch

Wenn's denn brennt und tuet chnischtere

Und wyt lüchtet im Feischtere

Und ig mit angere drum'umme stoh

Denn - jo denn muess dr Winter wirglich goh

Februar

Adie Winter

D Chingä hei ä Schneemaa gmacht
Doch scho i dr letschte Nacht
Het dr Föön äs Ändi gmacht
Zäme gschmolze isch die Pracht
Dr Früehlig gwünnt si Übermacht

Fascht duet's eim do weh
Denn dr letschti Schnee
Dä cha me do gseeh

Februar

Sidelbascht

Wie denn heisst das schöne Strüchli
Äs isch so rar und sälte fascht
Und im Augscht het's roti Beeri
He jo das isch dr Sidelbascht

Was blüeht denn scho im Merz im Wald
Mit lila Blüete uf em Ascht
Was schmeggt denn do so herrlich guet
He jo - das isch dr Sidelbascht

Trampelpfade auf einer Viehweide in Beinwil

Merz

Dr letschti Schnee

Hüt tuet's nomol schneiele

S het no Schnee so vill as dä wotsch

Scho morn foht's afo täuele

Und denn isch alles ä Pflotsch

Das echte Schneeglöcklein

Dr Früehlig chunnt

Ig gsehs bereits am Sidelbascht

Jo ig mein ig schmeggs scho fascht

Dr Früehlig chunnt

Merz

Schneeglöggli blüehje jetz im Garte

So cha'ner nümmi warte

Dr Früehlig chunnt

Los wie schön as d Vögel singe

Dä Gsang dä muess'en bringe

Dr Früehlig chunnt

D Chnoschpe trybe scho bim Fliider

Ig gspürs scho i de Glider

Juhuiji dr Früehlig chunnt

Und ig freuje mi scho wiider

Merz

Dr Früehlig als Zauberer

Hokus

Pokus

Krokus

Merz

Haselchätzli

(Spruch für Ching)

Hasel – Haselchätzli

D Chatz het wyssi Tätzli

Dr Winter isch jetz gly vorby

Denn cha'me wider dusse si

Ein Teppich lauter Busch-Windröschen

Jetz chunnt dr Früehlig

Merz

Dr Früehlig muess jetz eifach cho
Herrlich warm schynt d Sunne scho
Si druggt und druggt mit voller Chraft
Dur d Wurzle uf i d Bäum dr Saft

Räge tuet's vom Himmel giesse
A de Äscht tie d Chnospe spriesse
S Gras wird saftig grüen und griener
Und jede Tag chunnt o scho früener

No immer isch es ziimli chalt
D Vögeli singe scho im Wald
Die erschte Blüemli si scho duss
Gottlob – jetz isch dr Winter us

Merz

Frühling

Warme Sonnenstrahlen dringen

Getragen von des Frühlings leisen Schwingen

Auf die liebe Erde nieder

Und die hellen Strahlen bringen

Das allergrösste Wunder zum Gelingen

Jahr für Jahr auf's Neue wieder

Der Huflattich nennt sich im Lüsseltal "Merzeblüemli"
und im Laufental "Lätteblüemli" und im Bernbiet heisst er "Zytröseli"

Merz

Merzeblüemli

Merzeblüemli säge mir

Lätteblüemli säget dir

Die gähle Blüemli dört am Rai

Die dört äne bi de Stei

Wo zwüsche de Bäum de kahle

So goldig i dr Sunne strahle

Regenwasser bildet auf einem Tulpenblatt einen Perlentropfen

Merz

Der Silberschatz

Auf einem Tulpenblatt – Ein Besatz

Ein wunderschöner Perlenschatz

Dieses Perlenwunder der Natur

Ist pures Regenwasser nur

Leider kann es nicht bestehn

Trotzdem ist es schön zu sehn

1. April

Aprille

Aprille gschprängt

Hesch i d Gülle glängt *

S isch numme zum Schyn

Jetz gosch'em uf ä Lym

Hätsch'em nit Glaube gschänggt

Hesch halt as Falsche dänggt

Aprille gschprängt

Hesch i d Gülle glängt

* Jemand in den April zu schicken:

Pabst Johannes II starb am 02. 04.05

Dr Papscht isch tot

Aprille

S isch Oberot

Dr Papscht isch tot

Dr Tod het noch'em griffe

D Menschheit isch ergriffe

Är isch von'is gange

Är isch vorusgange

Är het gwirkt ghofft und glitte uf dr Ärde

Und het müesse so wie do das Blatt

Langsam stärbe

Wasserspeier am Schloss Delsberg (1716)
Sommerresidenz des Fürstbischofs von Basel J.-C. von Reinach

Aprille

Sauwätter

Äs schifft stürmt und hudlet

S isch Aprillewätter

Stross und Fäld si besudlet

Dr Petrus schiggt äs Donnerwätter

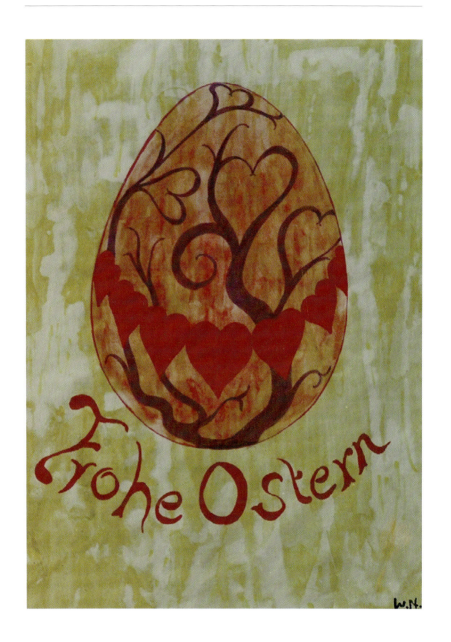

Aprille

Ostere

Osterhäsli

Rümpf dys Näsli

Mach di uf d Bei

Und bring das Ei

Zu myne Liebe hei

Walpurgisnacht *

Wenn sich im Wald die Winde winden

Die Bäume bäumen

Die Eulen heulen

Die Marder morden

Die Kuckucks kukucken

Und dunkel wird's im Wald

Und schrecklich alles widerhallt

Mit Rauch Duft und Gestank

Entsteht ein Zaubertrank

Gespenstisch eine Hexe lacht

Dann ist das die Walpurgisnacht

Aprille

* Die neun Tage vor dem 1. Mai sind die Walpurgistage.
Die Nacht zuvor heisst die Walpurgisnacht. In dieser Zeit sollen
die Hexen auf dem Blocksberg zusammenkommen und mittels
diversen Pflanzen besondere Zauberkräfte entfalten

S Veijeli*

O Meijeli – o Meijeli**
Du bisch s allerschönschti Veijeli
Du strahlsch im schönschte Früehligschleid
Bisch s schönschte Blüemli wyt und breit

O Meijeli – o Meijeli
Du bisch s allerschönschti Veijeli
Du bisch so schön und lilablau
Und ohni di wer d Wält so grau

Aprille

* Veijeli = Veilchen
** In Bezug auf Blumen ein Kosenamen

Erfrorenes Nussbaumlaub

Früehligs-Truur

Früehligs-Chlage
D Blätter hange abe
So gäl – so wähl
So rot wie Roscht
Über d Nacht vom Froscht

Erfrore, chalt und gstiif
Wäg däm starge Ryf
S Bluescht isch verfrore
D Ärnt isch verlore
Dr Ertrag wird chly
S het nit dörfe sy

Mai

Blühender Schwarzdorn (Schlehen)

S blüehjt überall

Mai

S blüehjt i allne Egge

S blüehjt uf jedem Plätz

Äs blüehje alli Hegge

D Natur zeigt ihri Schätz

Dr Mai isch cho

Im Mai isch die schöni Zyt
Wenn d Chirsi wiider blüehje
Wenn's i allne Bäume trybt
I dä Spohte und dä Früehje

Wyss im Bluescht stöh alli do
Die Früehje und die Spohte
Und ig freue mi halt jetze scho
Uf die Schwarze und die Rote

Mai

Waldmeischter

Mai

Kennsch dr Waldmeischter

Dä weggt die Geischter

Är isch schön zum g'seh

Är isch o guet als Tee

Am beschte schmeggt'er i dr Bowle

Gang doch gschnäll i Wald go hole

Beim "Fehrenchänzeli" steigt der Vollmond über den Lindenberg

Maijenacht

Mai

In'ere herrlich prächtige Maijenacht

Stygt in'ere wunderbare Vollmondnacht

Z Fehre obe – mä meint me dechi träume

Lueg wie schön – dr Vollmond us de Bäume

Dr Guggug

Mai

Dr Guggug rüeft vom Wald
Hesch Gäld im Sagg*
Hesch keis
Merk'dr eis
Ä mänge treit ä Frack
Doch Monete het'er nit
Trag z Friideheit im Sagg
Und lueg was vor'dr lyt

* Der Volksmund prophezeite, dass wenn man Geld in der Hosentasche habe und den Kuckucks-Ruf vernehme, man das ganze Jahr hindurch genügend Geld besitze

I mym Garte

I mym Garte
Blühje villi Arte
I mym Garte stöh o villi Bäum
Unger ihrem Schatte träum ig myni Träum

A mym Wejher
Fühl mi eifach freier
Vill Libelle tanze i dr Luft
Und ä ächti Läbensfreud dringt i my Bruscht

Do im Garte
Dörf vill Schöns erwarte
D Schöpfig lebändig chönne g'niesse
Um mir ä neuje Horizont z'erschliesse

Mai

Drej jungi Turmfalgge

Mai

Höch uf ämene Balgge

Luege drei jungi Falgge

Eusi Wält vo obä a

Si wette öppis z Frässe ha

Wei nümmi länger warte

Möchte jetz scho s Näscht verloh

Wette ihres Frässe sälber foh

Vill Müüs us Fäld und Garte

Dr Fliider blühjt

Mai

Johr für Johr – immer wiider
Erfreu ig mi am Fliider
Wunderhübsch die Lila-Farbe
Prächtig schön die Blüetegarbe
Ig schmegg und gniess die Luft
Wunderbar dä Fliiderduft

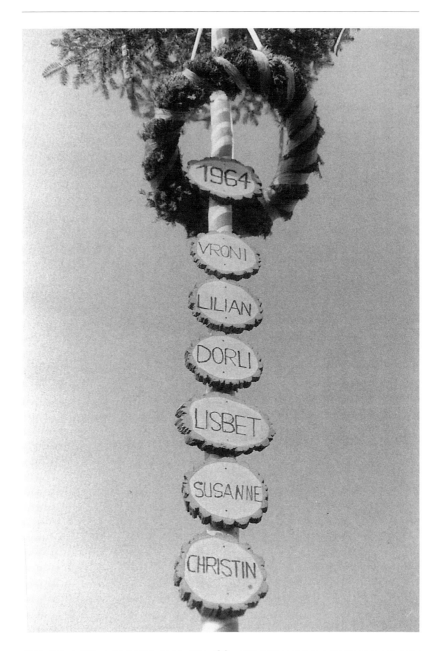

Volljehrig

Eusi stargge junge Manne

Stelle ihrne Maitli nä Tanne*

Bym Rösli, Bethli und dr Hanne

Dampft scho dr Gaffi i dr Channe

S isch schön, wenn me gly zwänzgi wird

Und dr'zue no dr Früehlig gspüürt

Mai

* Der Maibaum, ein Brauch von alters her! Leider gibt es heutzutage Menschen, die für diesen Brauch wenig Verständnis aufbringen. In Nunningen wurde er des nachts umgesägt. In Zullwil mussten letztes Jahr die Mädchen selber einen Maibaum aufstellen und in Breitenbach gab es dieses Jahr (2006) gar keinen Maibaum mehr

Im Monet Maije

Mai

Oh wie duet's mi freuje

So vill schöni Meije

Grüesse jetz dr Maije

Holder

Juni

Eh lueg – was blüeht denn do am Holderbaum

So schöni Blüetedolde wyss wie Schnee

Und schmegge tüe'si – hm – äs isch ä Traum

Äs isch soo schön – was ig do im Garte gseh

Heuje

S Gras wo gwachse isch im Maije

Dr Buur - är mähjt'es jetz zum Heuje

Chunnts cho rägne macht'er Schoche*

So blybts bis vorby isch ganz schön troche

Spöter chas denn wyters deere

Nach Johanni duet denn s Wätter chehre

Juni

* "Schoche" sind grössere Heuhaufen

Margritli in Ehre

Margritli i mym Gärtli
Margritli im Struus
Margritli im Härzli
Ig schigg dir ä Gruess

Margritli uf em Mättli
Margritli am Huet
Margritli du Schätzli
Du tuesch mir so guet

Margritli du mys Pflänzli
Margritli mys Idol
Ig wind dir äs Chränzli
Du tuesch mir so wohl

Margritli du my Liebschti
Du Blüemli im Fäld
Du bisch jo die Schönschti
Für mi uf dr Wält

Juni

Distelfink

My Heimetvogel

Vogel sing sing

Sing mir dis schönschte Lied

Vogel schwing schwing

Schwing dyni Flügel und flieg

Juni

Vogel flieg flieg

Flieg über Wald und Fäld

Vogel du du

Du bisch my Freud uf dr Wält

Hommage an Albert Vögtli, Dornach

Nummä ä Fliege

Ä Fliege tuet am Fliegefänger hange
Si isch gfange
Chläbt uf em Flägg
Cha nit äwäg
Und muess stärbe
Bösi Ärde
Und so unändlich gross wer doch ihr Verlange
Statt do z'hange
Statt do z'chläbe
Dörfä läbe
Chuum gebore
Scho verlore

Juni

Himbeeri

Juni

Lueg do die rote Beeri a
Ä Freud all die chönne z'pflügge
Ä grosse Säge hängt do dra
Tuet mi Gluscht scho jetz beglügge

Nüt as Räge

Dr ganz Tag Räge
S isch nit zum säge
Nüt as düschter grau
Nie kei Himmel blau
So syt villne Täge
Eifach nüt as Räge
Kei Summer – jo s isch wohr
Himmeltruurig isch's das Johr

Juli

Die letschte Fäldblueme

Wiisesalbei und Esparsette

Me sett'se rette

Dä cheibe Dünger uf dr Matte

Ig han'en uf dr Latte

Gsehsch gly die letschti Blueme uf em Fäld

Leer und truurig wird die Wält

Nüt as Gäld und mehr Ertrag

Säg wär ghört my Chlag

Juli

Ä Rägeboge

A mene Juli-Rägeobe
Stoht dr schönschti Rägeboge
Uf dr Allmänd am Himmel obe

Juli

Ä wyti Brugg vo dört zu dört
Ä Brugg wo allnä Lüte ghört
Als Architektur - unerhört
Für churzi Zyt und scho zerstört

Chirsi gwünne

Uf dr Leitere due'ni stoh
Und myni Auge schweife wyt
Do obe bi'ni richtig froh
Denn s isch wiider Chirsizyt

I gwünne die Grosse Satte
Die Schönschte vo däm Fäld
I fülle Chorb und Chratte
Denn: Chirsi gwünne - das isch my Wält

Juli

Bade

Stohsch unger dr Dusche

Und lohsch's lo rusche

Bisch nass vo obe bis unge

Und scho bisch is Wasser gsprunge

Zug um Zug tuesch di Streggi schwümme

Und eso vill Freud am Läbe gwünne

Juli

Heil dir Helvetia

Dr Schwyzer het s schönschte Lang
Sy Schwyz stoht im erschte Rang
Rycher z'wärde isch si Drang
Isch das nit bigott ä Schang

Vergässe si die Alte
Und o dass Gott dech walte
Und eus dech d Schwyz erhalte
Dr Schwyzer tuet erchalte

Auguscht

Do obe bi'ni frej

Auguscht, Auguscht

So juchzt my Bruscht

Vor Freudesluscht

So höch i dr Luft

Auguscht

Aronstab

Drei Männlein stehn im Walde

Drei Männlein stehn auf einer Halde

Im Walde

Und verkünden:

Der Herbst kommt balde

Auguscht

I dr Ärnt

Wär im Winter nit will darbe
Dä macht zur Ärnt settig Garbe*
was gwachse isch uf dr Ärde
a dr Luft sölls troche wärde
Weize, Rogge, Gärschte, Strau
Vill z schaffe hei jetz Ma und Frau

Auguscht

* Heute macht's der Mähdrescher. Noch vor einigen Jahrzehnten wurden die gemähten Weizenähren zu sogenannten Garben gebunden und zum Trocknen aufgestellt

Im Wald

Gang i Wald zum gseh

Gang i Wald go lose

Gsehsch villicht äs Reh

Gsehsch die wilde Rose*

Ghörsch ä Vogel pfiffe

Versuech nit noch'em z'griffe

Gsehsch ä Schwumm im Laub

Und o vom Mensch dr Raub

Was är alls zerstört

Wo ihm doch gar nit ghört

Auguscht

* Wilde Rosen auch Heckenrosen genannt

Schwümm

Ig bi i Wald Schwümm go sueche
Ha gluegt hinger Busch und Bueche
Denn uf eimol ha'se gfunge
Guet versteggt am Bode unge
Si's ächt gueti - si'si giftig
Jo das z'wüsse das isch wichtig
Ig ha'mi denn a Bode büggt
Und ha die guete Schwümmli pflüggt
Druf han'i si is Chörbli gnoh
Die giftige die bliibe stoh
Isch's nit o fascht eso bym Mensch
Wo du gsehsch und halt doch nit kennsch
Weisch nie öb giftig oder guet
Weisch öppis spöter erscht wies tuet

Auguscht

Die Nachtkerze blüht vorwiegend während der Nacht
und wird von Nachtfaltern angeflogen

Nachtcherze

Dur ä Tag hange si ganz wähl
Si blüehje halt numme z Nacht
Denn göh si uf – goldig gäl
Lueg emol die Blüete-Pracht

Septämber

Der Autor, nach der Landung in Bärschwil mit einem der allerersten Hängegleiter . Einfach herrlich - vielleicht gefährlich - aber eben - ein Erleben

Mir Dracheflieger vom Fringeli*

Vo dr höchschte stolze Flueh
Fliege mir über Wald und Hügel
Und mir kreise immerzue
Mit euse Dracheflügel

Mir fliege a schöne Tage
Mir fliege o am Obe
Mir luege uf das Dörfli abe
Und freujä eus do obe

Ä grossi Freud, fascht nit zum säge
Mir sälber wüsse wie das isch
Eifach traumhaft das z'erläbe
Wenn du als Mensch ä Vogel bisch

Septämber

* Der Fringeliberg ist ein Höhenzug südlich von Bärschwil (912m)

Im Septämber

Schön und o mild
So wirgt das Bild
Wasserjumpfere schwirre
Die erschte gäle Biire
D Chüeh si uf dr Weid
Dr Summer wächslet s Chleid

Septämber

Die giftigen Früchte des Pfaffenhütchenstrauches

Herbschterinnerig

Herbscht isch's jetz und o bereits ziimlig spoht
Im Tal do lyt ä lychte Näbelhuuch
Dört am Waldrand lüchtet chreftig rot
Ä alte Pfaffehüetli-Beeristruuch

Als Chinge hei'mr mängnisch gspiilt - hei glacht
Hei all die Beeri uf ä Fadä greiht
Hei do drus die schönschti Chetti gmacht
Und d Maitli hei'se um ä Hals denn treit

D Obäsunne schynt zimli flach und fahl
S herbstelet wiider emol uf Ärde
Fascht alli Bäum si scho halber kahl
Doch s necher Johr wird's wiider Früehlig wärde

Oktober

Damals: Die Famillie Roth aus Breitenbach bei der Kartoffelernte

Dr Buur

Dr Buur tuet a dr Schollä chläbe
Und schafft vom Morge früeh bis spoht
Uf dr Wält isch nüt vergäbe
Denn wär nit schafft dä chunnt i Not

Oktober

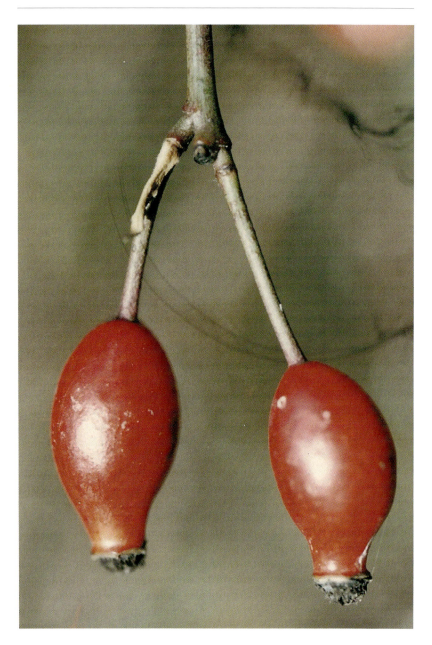

Gumfidüür

Kennsch's bigoscht
S isch rot wie Roscht
S git Buttemoscht
Nä gsungi Choscht

Oktober

Wildi Räbe

Uf villne Bäume lyt
Ä wysse Wullesaum
Me meint äs syg scho Wynterszyt
Und das do syg ä Wiehnachtsbaum

Oktober

Sauerampfer

Herbscht

S het Silbertau uf dä Matte
D Sunne wirft scho langi Schatte
S chnischteret s'Laub unger de Füess
Die letschte Brombeeri schmegge no süess
D Herbschtzytlose lüchte us em Gras
Dr erschti Moscht isch im Glas
D Härdöpfel si o dusse
S isch no immer warm vorusse
D Chüehglogge bimmle vo dr Weid
S isch wiider Herbscht, ha'ni gseit
Und i ha mi gfreut

Novämber

Spätherbst

Nebel hüllt den Ort in Schweigen
Schicksal zwingt mich hier zu bleiben
Düster Wetter
Früher netter
Dunkel, schemenhaft
Raubt mir letzte Kraft
Dahinter deutlich klar
Hoffnung, wunderbar
Kommt der Frühling dann als Retter

Novämber

Sonnenuntergang auf den Nunninger Berg

Novämber-Bsinnig

Ä Bsinnig mit fromme Gebärde

Über s'Alter mit Beschwärde

Über s'Läbe uf dr Ärde

Über s'Goh und s'Wärde

Über s'Cho und s'Stärbe

Novämber

Als die beiden Dittinger, August Jermann und seine Frau Paula noch unter uns weilten

Älter wärde

Tag für Tag ä chly älter

Du merksch chuum wies goht

Jede Tag ä chly chälter

Langsam wird es spoht

Novämber

Abschiid vom Herbscht

Verblüeht si die letschte Heggerose
Uf dr Weid blühje d Herbschtzytlose
Und d Täg si merklich chürzer worde
Und o scho chälter isch's am Morge
Dr erscht Rauhryf küsst d Acherfure
Gly isch dr goldig Herbscht jetz dure

Novämber

Herbschtsturm

Dr Herbschtsturm rast dur's Lang
Äs chuttet ruscht und tuet tose
Fascht wird's eim Angscht und bang
Doch nei – freudig tue ni lose
Und lueg wie d'Äscht sich biege
Und wie wild as Bletter fliege
Oh das isch – d Natur erläbe
Wenn so wie jetz dr Sturm tuet fäge

Novämber

Novämber

Ig stoh am Gländer

Und lueg über d Länder

Lueg über s wyte Näbelmeer

Wo do lyt – wyss und schwer

Vill Hügel - ä paar Gipfel

Vom Wald ä paar Wipfel

Schön isch's wo'ni do gseh

Wyt hingä d Bärge mit Schnee

D Sunne schynt hell und klar

Oh Heimet – bisch du wunderbar

Novämber

Mutter erklärte uns stets, dass jeweils bei Abendrot der St. Nikolaus die Lebkuchen für uns Kinder backe

Santiglaus

Wenn's Oberot gsi isch han'i bacht
Ig ha a Euch Chingä müesse dängge
Ig ha für euch die beschte Sache gmacht
Und bi jetz vom Himmel cho zum Schängge

Sit dir brav gsi will ig euch belohne
Und bring'ech Läbchueche Nüss und Gutzli
Tüet dir aber liege hängle flohne
Jä denn nimmt'ech grad i Sagg dr Schmutzli

Dezämber

S Letschte Blatt

S allerletschte Blatt
Syni Farbe lüchte no matt
Wähl tuets abehange
Dr erscht Ryf isch drüber gange
So hangt es roschtig rot
Bis's einisch denn vom Äschtli loht
Und fallt zrugg uf d Ärde
Wos denn wiider das wird wärde
Verfallt es schliesslich ganz
Für's Läbe neuji Ursubstanz

Dezämber

Näbel

Ig bi nä chlyne Räbel*
Und stoh zmitts im Wald
Ig gniess dä villi Näbel
Wo jetz durane wallt

Dezämber

* Räbel = mickerige Gestalt

Advänt

Scho wiider isch Advänt

Die erschti Cherze brennt

Gly scho heisst es Johresänd

Wie doch die Zyt so rennt

Dezämber

Im Advänt

Advänt - Advänt
Wart no ä Momänt
Probier d Botschaft jetz z'verstoh
Vo däm wo will zue'nis cho

Dezämber

Anja bestaunt den Weihnachtsbaum

My Wiehnechtsbaum

Oh my Wiehnechtsbaum
Oh my Tannebaum
Us myr Chindheit blybsch du dr gröschti Traum
Jedes Johr bisch i dr Stube gstange
Wysses Ängelhoor isch a dr ghange
Glänzigi Chugele und Cherzli dra
Und jedes Ching het o sys Gschänggli gha
Wiehnechtsbaum – Erinnerige als Chinge
Hesch's verstange eus vill Freude z bringe
S Chingli i dr Chrippe hei mir verehrt
Und im Härz hesch du eus s Glügg vermehrt
Wyters isch im Läbe d Zyt vergange
Johr für Johr bisch i dr Stube gstange
Oh my Wiehnechtsbaum
Oh my Tannebaum
Im Läbe blybsch du mir dr schönschti Traum

Dezämber

Der reich behängte Weihnachtsbaum der Simone Vittet in Grellingen

Wiehnecht

Hüt wei'mr glücklich wärde
Alli Lüt vo überall
Denn ä Stärn strahlt uf d Ärde
Zeigt diräggt dr Wäg zum Stall

Düet d Hang enanger reiche
I de Härze d Türe uf
Nä Tannebaum als Zeiche
Chugäle und Cherzli druf

Dezämber

Alt und a dr Wiehnecht ällei

So vo allne vergässe
Sitz ig im Zimmer ällei
Ällei muess i hüt ässe
Bi leider nienä dehei

So apathisch wie im Traum
Sitz ig im dunggle Zimmer
Bi mir brennt hüt ä kei Baum
Und chalt si myni Finger

Wo si die schöne Tage
Wo die Zyte vor Johre
I cha numme noch chlage
Und gstiif si myni Ohre

Fejschter isch's Zimmer hinecht
Und ig bi halt so allei
Truurig isch myni Wiehnecht
Und so chalt si myni Bei

Dezämber

Dr erschti Schnee

Geschter no het d Sunne gschiine
Doch scho über Nacht het's zimlich gschnejt
Dr Himmel macht ä graui Myne
S het scho richtig einä abcghejt

Dezämber

Schwarzdornbeeri

S Wätter isch gfürchig chalt und ruuch
S isch alles gfrore – wyss vom Schnee
Ä Vogel fliegt vo Struuch zu Struuch
Das arme Tierli tuet eim weh

Doch d Natur het o a Vogel dänggt
S het no z'Pigge für hüt und morn
Si het ihm die blaue Beeri gschänggt
Vill Schlehe git's am Schwarze-Dorn

Dezämber

Faszinierendes Spinnengewebe im Rauhreif

D Zyt lauft

Äs hilft dir ä kei Bitt
Äs git o kei Halt
Wyters verlauft d Zyt
Und scho gly wird es chalt

Dezämber

Dr Früehlig mäldet sich

Winter chas nit ewig blybe

D Niesswurz foht scho a fo trybe

S isch die letschti Pflanze im Kaländer

Dr Früehlig chunnt heisst's scho im Dezämber

Dezämber

Schlussbetrachtig

Mäng Schöns hei'mr ä Johr lang chönne gseh
Blueme Vögel im Wald Sunneschyn und Schnee
Doch o Ungfreuts hei'mr müesse ertrage
Aber mr si jo gsung und wei nit chlage
O wenn mr jetz wiider ä Johr älter wärde
S isch doch so schön - do bi eus – uf dere Ärde

Epilog

Durch meine 79-jährige Lebenserfahrung habe ich mehrere Generationen erlebt, die Zeit des 2. Weltkriegs, die Veränderungen in der Natur und Technik und den Wandel des Alltags.

Geblieben sind die schönen Erlebnisse der sich immer wieder erneuernden Natur. Nach jedem Winter kommt ein Frühling, ein neues Leben und jeder Wandel erscheint mir schöner. Selbst auf dem Kompost blüht noch eine Blume ...

Im Laufe meines Lebens habe ich die unvergänglichen Schönheiten unserer Natur wie Perlen an der Lebenskette gesammelt und möchte sie in meinen Gedichten und Fotos dem Leser schenken.

Dieses Buch ist ein Lob auf die Schöpfung in den vier Jahreszeiten.

Möge es gehört werden...

Im Heumonat 2006

Inhalt:

	04	Vorwort
	05	Dur's Johr dure
	07	D Johreszyte im Usruef
Jänner		
	09	Sylväschter – Neujohr
	11	Zum neuje Johr (1982)
	13	Weisheit zum neuje Johr
	15	S Waldbächli
	17	Du
	19	Überläbe
	21	Fuetternyd
	23	Gemeiner Schneeball
	25	Winterfreude (Chingelied)
	27	Schlittschue-Fahre
	29	Vorfrüehlig
Februar		
	31	Achtung Gefahr
	33	Schneeglöggli
	35	No z früeh
	37	Fasnecht
	39	Fasnechtsfüür
	41	Adie Winter
	43	Sidelbascht
Merz		
	45	Dr letschti Schnee
	47	Dr Früehlig chunnt
	49	Dr Früehlig als Zauberer
	51	Haselchätzli
	53	Jetz chunnt dr Früehlig

55 Frühling
57 Merzeblüemli
59 Der Silberschatz

Aprille
61 1. Aprill
63 Dr Papscht isch tot
65 Sauwätter
67 Ostere
69 Walpurgisnacht
71 S Veijeli

Mai
73 Früehligs-Truur
75 S blüehjt überall
77 Dr Mai isch cho
79 Waldmeischter
81 Maijenacht
83 Dr Guggug
85 I mym Garte
87 Drej jungi Turmfalke
89 Dr Fliider blühjt
91 Volljehrig
93 Im Monet Maije

Juni
95 Holder
97 Heuje
99 Margritli in Ehre
101 My Heimetvogel
103 Nummä ä Fliege
105 Himbeeri
107 Nüt as Räge

Juli
- 109 Die letschte Fäldblueme
- 111 Ä Rägeboge
- 113 Chirsi gwünne
- 115 Bade

Auguscht
- 117 Heil dir Helvetia
- 119 Do obä bi'ni frej
- 121 Drei Männlein stehn im Walde
- 123 I dr Ärnt
- 125 Im Wald
- 127 Schwümm

Septämber
- 129 Nachtcherze
- 131 Mir Dracheflieger vom Fringeli
- 133 Im Septämber

Oktober
- 135 Herbschterinnerig
- 137 Dr Buur
- 139 Gumfidür
- 141 Wildi Räbe

Novämber
- 143 Herbscht
- 145 Spätherbst
- 147 Novämber-Bsinnig
- 149 Älter wärde
- 151 Abschiid vom Herbscht
- 153 Herbschtsturm
- 155 Novämber

Dezämber
- 157 Santiglaus
- 159 S'letschte Blatt
- 161 Näbel
- 163 Advänt
- 165 Im Advänt
- 167 My Wiehnechtsbaum
- 169 Wiehnecht
- 171 Alt und a dr Wiehnecht ällei
- 173 Dr erschti Schnee
- 175 Schwarzdornbeeri
- 177 D Zyt lauft
- 179 Dr Früehlig mäldet sich

181 Schlussbetrachtig

183 Epilog

Der grosse Dank an die Buchsponsoren

Allemann Rudolf, Niederbipp
Allemann Franz, Lausen
Blom Franz, Brislach
Böglin André, Allschwil
Bohrer Cecilia, Nenzlingen
Durrer-Borer Paula, Magden
Fichter Hugo, Bollingen
Flury Gertrud, Laufen
Graf Alice und Walter, Breitenbach
Heizmann Dora, Nunningen
Henzi Marius, Breitenbach
Henz Ottilia und Paul, Bärschwil
Huber-Studer Max und Elsa, Grindel
Huber Peter, Dittingen
Kalt Christine und Peter, Allschwil
Kohler Cornelia und Markus, Breitenbach
Kohler Nelly und Werner, Breitenbach
Nachbur Christine und Roland, Büren
T. (ungenannt)

Bank CLIENTIS, Breitenbach
Baloise Bank, SoBa, Breitenbach
Basellandschaftliche Kantonalbank, Breitenbach
Borer A. Consulting, Breitenbach
Borer Albin, Baugeschäft, Erschwil
Borer Severin, Malergeschäft, Büsserach
CTC Analytics AG, Zwingen
EBM Elektra Birseck, Münchenstein
Einwohnergemeinde Breitenbach
Forum Regio Plus
Häner Hans, Sanitär, Breitenbach
Herba-Plastic AG, Nunningen
Holzherr, Gipsergeschäft Muldenservice, Breitenbach
Hügli Bruno Spenglerei, Brislach
Marti & Co Transporte, Breitenbach
Nyhof Werner, Gartengestaltung, Breitenbach
Raiffeisenbank Lüsseltal
Saner & Co, Eisenwarenfabrik, Büsserach
Sutter Mary und Kaspar, Bäckerei, Breitenbach
Terra Nova GmbH, Breitenbach
Von Roll Schweiz AG, Breitenbach
Zementstiftung
Zürich Versicherung, Laufen/Breitenbach
Emil und Rosa Richterich Stiftung, Laufen

Bücher aus der Feder des Autors:

1. **Auf einen kurzen Nenner gebracht**
   Aphorismen in der Schriftsprache
   Eigenverlag 1982 (vergriffen)
2. **Dr Seelespiegel**
   Aphorismen in der Mundart
   Verlag: Jeger Moll 1984 (vergriffen)
3. **Schmuzelgeschichten I**
   Regionale Schmunzelgeschichten
   Verlag: Jeger Moll 1990 (vergriffen)
4. **Schmunzelgeschichten II**
   Regionale Schmunzelgeschichten
   Verlag: Basler Zeitung 1994 Fr.19.80
   Bezug beim Autor
5. **Gedanken ohne Schranken**
   Lyrikband 1994
   Verlag: Jeger Moll. Fr. 15.-
   Bezug beim Autor
6. **Das Wunder von Sachseln**
   Biographie über die Wunderheilung der
   Ida Jeker aus Büsserach 1998
   Christiana Verlag Fr.19.80 Bezug beim Autor
7. **Schmunzelgeschichten III**
   Dornacher Schmunzelgeschichten 2000
   Verlag und Bezug: Einwohnergemeinde
8. **Sagen, Legenden und Mythen**
   Regionales Sagenbuch Fr. 15.-
   Eigenverlag – Bezug beim Autor
9. **Zwischen Wir-Du und Ich**
   Gedanken und Heiteres 2005
   Eigenverlag Fr 19.80 Bezug beim Autor

Stuwa2@bluewin.ch
Tel./Fax: 061 781 13 85
Walter Studer, Fehrenstrasse 68, Ch-4226 Breitenbach